JN288362

し・うた　星野　源

ばらばら

しゃしん　平野太呂

もくじ

ばらばら

せかいはひとつじゃない
ああ　そのまま　ばらばらのまま

せかいは　ひとつになれない
そのまま
どこかにいこう

FROM MR. TO MISS McBETH 7:36
SEX-CHANGE TEACHER CONTROVERSY 37°
abc
CLASS PRESENTS HUGE OPPORTUNITY FOR

きがあうとみせかけて
かさなりあっているだけ
ほんものはあなた
わたしはにせもの

せかいは　ひとつじゃない
ああ　もとより　ばらばらのまま
ぼくらは　ひとつになれない
そのまま
どこかにいこう

めしをくいくそをして
きれいごともいうよ
ぼくのなかのせかい
あなたのせかい

あのせかいとこのせかい
かさなりあったところに
たったひとつのものが
あるんだ

せかいはひとつじゃない
ああ　そのまま　かさなりあって
ぼくらはひとつになれない
そのまま
どこかにいこう

中目黒／勝浦／オレゴン／ロサンゼルス／本栖湖／オレゴン
天沼一丁目

穴を掘る

明日から　穴を掘る
自宅の庭やら
役所から　穴を掘る
さぁさぁ　空には
どうにか　掘れないか
考えている所

穴から空
転げ落ちて
気が付けば
そこは
知らない所

明日から　穴を掘る
自宅の庭から
憧れの　島に着く
さぁさぁ　シャベルは
どの手じゃ持てないか
考えている所

穴から空
転げ落ちて
気が付けば
そこは
知らない所

気を強く持てば
そこは
知らない所

栃木

阿佐ヶ谷北一丁目

選手

サッシにうつる　ライトの灯
そもそもな　言い過ぎたわけだから

ずっと同じでいようなんて
そもそもさ　呆れるさ　しかたないな

ボールはにげる　遠くまで
わたしと同じ　Ｃ級さ

廊下をとおって　行けばそこは　出口さ
騙されるな　廊下なんて　くそくらえ

やっと一段　落がついて
そろそろ　発車して　くれんだろう
人のきずなは　大事なものか
寝ようか　もうなにも　ないしな

景色はしゃべる　眠るまで
田舎はなにも　悪くない

列車は走る　サードの選手を乗せて
騙されるな　レールなんか　くそくらえ

列車は走る　ある人生を乗せて
騙されるな　12時過ぎたら終電さ

DTS

砧／狛江／砧／砧／葛西
阿佐ヶ谷北一丁目

インストバンドの唄

手足のない　人や
目と耳が　動かない人は
どんな風に　踊ればいいの

声のない　人や
目と耳が　聴こえない人は
どんな風に　歌えばいいの

ラララ　ラララ　ラララララララ

わからない　ごめん
ぼくらは　インストバンドさ
どんな風に　うたえばいいの
どんな風に　うたえばいいの

ラララ　ラララ　ラララララララ

大手町／上原／中目黒／池ノ上／コロンビア川

天沼一丁目

ばかのうた

ぐらぐら　揺れる地面の上の家
いつかは崩れ落ちて
さあ　やり直し

今までのいろいろは
忘れていいよ

ああ　もう
ぼくらの土地は
いつだって揺れてる
ぐらぐらの心の上
家を建てよう

NO DIRECTION HOM
A Martin Scorsese Pictu
ほのげんのいやし
キリン

なんでも　いつかは飽きて
さようなら
笑って　生まれ変わった
フリをする

DAIKIN
設定温度
風向
自動
ドライ
冷房
暖房
送風
29℃
風量
運転/停止
温度
かんたん
タイマー

これからの　色々は
ばかで染めよう

ああ　もう
ばかなの土は
これからもぬかるむ
くだらない心の上
家を建てよう

くりかえし　建て直し
アスファルトはいらないよ
ばかな唄　うたいながら
一緒に　ゆれようぜ

北東京／西東京

阿佐ヶ谷北一丁目

あとがき／星野源

これは本なのかしら、CDなのかしら。
うーん。一体どっちだろう。

俺の主導する作品なのか、太呂くん主導の作品なのか。
完全にどっちかに寄っていたら分かり易いけど、
音源は既にあったから写真に合わせて曲を作ったわけじゃないし、
太呂くんも、唄の内容を写真で再現したわけでもない。
よくある共同作業ではなく、ばらばらの作業を重ね合わせてるだけだ。
それは例えば、テレビとラジオを同時に流して、
ひとつの音楽を作るようなもんだろうか。
でもそう考えると、料理もそうだなあ。
食材は、お互いに関係ないもんね。
例えば肉じゃがだったらさ、
じゃがいもが人参に合わせて味変えたりしないもんね。
ばらばらのものが一緒にあるだけだ。
ただ一緒にあるだけで、それだけで、まったく違う味になるんだよなあ。
レシピとか、「肉じゃが」って名前があるからハッキリしてる様に思えるけど、
そう考えると、料理なんて限りなく曖昧なもんだ。
きっと、名前が付くまでは「なんか美味しいもの」だったに違いない。
きっと、それでいいんだよなあ。

この限りなく曖昧な本を、皆さんはどう観るんだろう。
楽しみであります。

きっかけをくれた森山さんと、引き受けてくれた太呂くん、
場所を与えてくれた孫さん、ばらばらを見事に纏めてくれた関口さん、
そして、人一倍苦労してくれたビスケット田中氏に、ありがとう。

「ばらばら」曲解説

本のイントロ

イントロとアウトロを新しく録音しようと思って、こないだ箱根まで水の音を録りに行きました。うそです。
温泉に行ったついでに録りました。

ばらばら

2005年にできた曲。
その年の瀬に出した『ばかのうた』の音源をそのまま使ってます。
新しく録ったのもあったけど、こっちの方が好きだったので、こちらを再録しました。
歌へただなあ。
ああ、しみじみ。

穴を掘る

19歳か20歳くらいに作った曲。
なんでこんな歌詞書いたかは、まったく憶えてません。
阿佐ヶ谷の六畳一間の風呂なしアパートで、ひっそりと作りました。

選手

これも20歳くらいの曲。
将来不安なフリーター特有の青臭い感じと、
それに対抗して恥ずかしくならないようにしようとする気持ちが入り交じって結果、
野球選手の歌になってしまった。
ああ、よく分からない。

インストバンドの唄

SAKEROCK のアルバム『songs of instrumental』の曲作りの時に、最初に浮かんだ曲。
人のライブに行って「踊れー！」と言われても踊れない自分と、
ボーカルを迎えるインストバンドの言い訳を重ね合わせた歌です。

ばかのうた

『ばかのうた』から再録。
「ばらばら」と同じ時期に出来た曲で、元々は「うそのうた」という、
とても人に聴かせられない呪い歌でした。
こえーこえー。でも、今でも時々元の歌詞で歌いたくなります。

本のアウトロ

イントロと同じく、家で録りました。
家で録るのは楽しいなあ。時間も気にしなくて良いし。お金もかからないし。

スーダラ節

これは『ばかのうた』の再録ではなく、新しく録音し直したやつです。
このコード進行を発明したときは嬉しかったなあ。
これを聴いてくれた吉野寿さんが「君の歌はデス・ロハスだね」と褒めてくれました。
いいなあ、デス・ロハス。
ロハスを否定するわけでもなく、なんだかロハスより正直な感じがするね。

あとがき／平野太呂

初めて源くんと会ったのは、僕の暗室の階下に事務所を構える音楽レーベル、カクバリズムだった。質素な若者がいるな、と思った。何故か親近感を感じた僕は好きな寿司ネタはなんですか？　と会うなり質問してみた。きっとアジが好きに違いない。と心の中で思い、もしそうだとしたら長い付き合いになるだろうと、賭けてみた。「アジですかね」と源くんが言った瞬間に、この本の誕生に向けての第一歩が踏み出されたのかも知れない。僕が嬉しそうにしていると、あわてて「サーモンの炙りも好きです」と言う源くんだった。本当はサーモンの炙りがいちばん好きだったのかも知れないが、思わずアジと言ってしまったのは、僕の神通力が通じたのか、源くんの察知能力が優れているからなのか。僕と源くんの初対面はこんな感じだったと思う。ちょうど、カクバリズムから出すサケロックの１枚目のアルバムの準備の頃だ。

山手通りを東北沢の方に曲がる手前の車中、源くんから電話がかかってきた。年が明けて２００６年になったばかりの１月だったと思う。年末に下北沢モナレコードで行われた源くんの弾き語りライブに駆けつけた日（深夜に駒沢から自転車を飛ばしたのだった）の余韻が残っているうちだった。電話は嬉しい電話で、僕の写真と源くんの弾き語りＣＤを一緒にパッケージしないかというものだった。アジの話からここにポンと飛んできた気がする。

どうしても撮ってしまうような風景がある。誰にも頼まれていないのに。誰の為でもないのに。お金にもなりそうもない。僕の脳みそに刷り込まれた経験がそうさせるのか、僕はパブロフの犬なのか。お、写真撮ろうって思う瞬間、僕にどんな作用が起こっているのか分からない。あとでひっそり現像された写真を一人で見て、あれ、意外とグッと来ないな、とか、やっぱりいいね、とか、こんなの撮ったっけ？　なんて思って棚にしまって、おしまい。そんな写真を並べる機会はそうはない。

源くんに初めて貰った弾き語りＣＤを聴いてみると、そんな僕の写真のプロセスと重ねあわせて聴いてしまう。ひっそりと録音した様子、とりあえず録ってみた感じ、宛先が決まっていない雰囲気。この唄が、僕が棚にしまった写真を再び引っ張りだして、皆様の目の前に並べるエクスキューズを作ってくれる。こんなチャンスはない。僕の写真が源くんの唄を彩るわけでもなく、源くんの唄が僕の写真を饒舌にするでもなく、お互い独立しながら、どこか根っこの深い場所で少しだけ交わっている感じ、それで良いと思う。それだけで充分で、それだけが本当な気もする。「ばらばら」という言葉にそんな意味を込めている。

この本を作るきっかけを与えてくださり、制作まで尽力していただいた編集者の森山さんに大変感謝いたします。また、担当編集者の田中さん、快く引き受けてくださった孫さんにも感謝いたします。デザイナーの関口さんにもお手数かけました、ありがとうございました。

星野源（ほしの・げん）

1981年埼玉県生まれ。

音楽家・俳優・文筆家。

学生の頃より音楽活動と演劇活動を行う。

2000年、自身が中心となりインストゥルメンタルバンド・SAKEROCKを結成。

2003年に舞台『ニンゲン御破産』（作・演出：松尾スズキ）への
参加をきっかけに、大人計画に所属。

2010年に星野源としてファーストアルバム『ばかのうた』を発表。

2015年、4thアルバム『YELLOW DANCER』は
オリコンウィークリーチャート1位の大ヒットを記録。

主な出演作は、ドラマ『コウノドリ』、映画『箱入り息子の恋』など。

作家として、著書に『働く男』『そして生活はつづく』（ともに文春文庫）、

『星野源雑談集1』（マガジンハウス）がある。

平野太呂（ひらの・たろ）

1973年東京都生まれ。

写真家。1997年武蔵野美術大学造形学部映像学科卒業後、
講談社でアシスタントを務める。2000年よりフリーランスに。

2004年、NO.12 GALLERYを設立。

2005年、写真集『POOL』（小社刊）を発表。

著作に『GOING OVER』、『Foreclosure』（ともにNieves）、

『東京の仕事場』（マガジンハウス）、ポストカードブック『POOL』（小社刊）、

『ボクと先輩』（晶文社）、『Los Angeles Car Club』（私家版）、

『The Kings』（ELVIS PRESS）がある。

ばらばら
2007年5月7日　初版第1刷発行
2017年2月1日　二版第2刷発行

し・うた　星野　源
しゃしん　平野太呂
ブックデザイン　関口　瑚
編集　森山裕之
田中祥子
発行者　孫　家邦
発行所　株式会社　リトルモア
〒151-0051
東京都渋谷区千駄ヶ谷3-56-6
tel 03-3401-1042
fax 03-3401-1052

印刷・製本　図書印刷株式会社

info@littlemore.co.jp http://www.littlemore.co.jp
©Gen Hoshino / Taro Hirano / Little More 2007
Printed in Japan
ISBN 978-4-89815-211-9 C0073
JASRAC 出 0703574-701

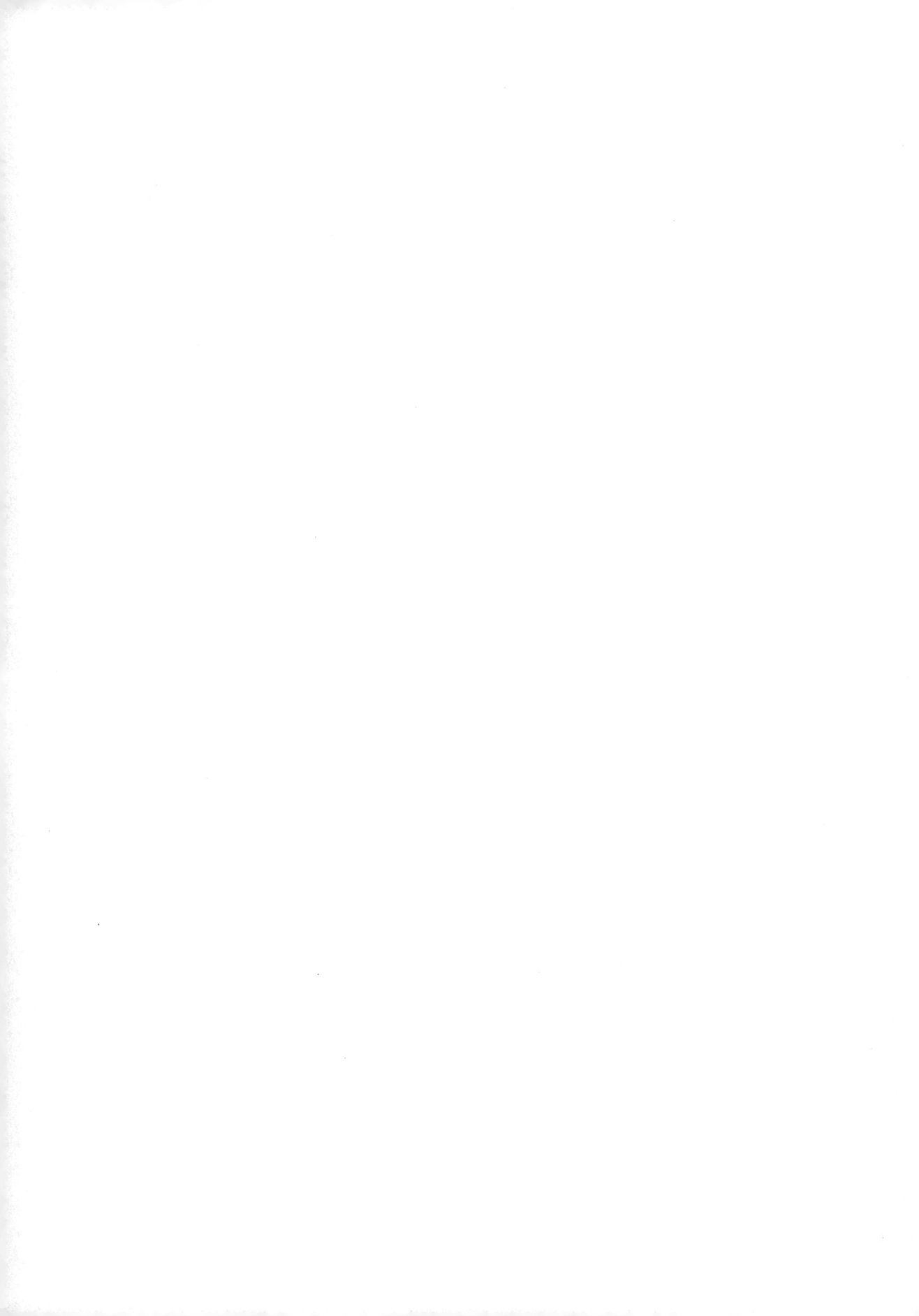